À nos trois petites geishas préférées :
Emma, Louna et Élise
Claude et Vincent Clément

Pour Arthur Akira
Princesse Camcam

Dans ce sommaire, le chiffre ins
près de chaque instrument indique sur que
piste du cd retrouver le conte qui correspo

これは遠い遠い Au loin, au loin...

昔のお話 Cette vieille histoire

枕の側で Qui sur ton oreiller

話して聞かせよう T'est contée.

これから一緒に出掛けてみよう

Nous partons ensemble,

物語の中へ Dans ce vieux conte,

あの山の向こう Par-delà la montagne,

あの雲の手前 Face au nuage.

あそこの森の方 Du côté du bois.

君に似た子がね Il y a un enfant comme toi

微笑っているよ Qui sourit.

これは遠い遠い Au loin, au loin...

昔のお話 Cette vieille histoire.

おじいさんは Un vieil homme sur la montagne

山へ柴刈りに De ses mains déblaye la terre.

おばあさんは Une vieille femme au bord du ruisseau

川へ洗濯に Récure le linge.

どんぶらこ どんぶらこ DONBURAKO BONBURAKO

流れてくるよ Une énorme pêche

ばかでっかい桃が Avance sur l'eau...

よくよく見てごらん Regarde, sens,

聞こえる 聞こえる Entends...

昔のお話 Cette vieille histoire.

この物語は、遠い遠い昔のお話、
これからみんなで物語の中に
入ってみようか？

Ces contes sont de vieilles histoires,
Alors, tu veux qu'on s'y aventure ensemble ?

Illustrations : Princesse Camcam
Textes et voix : Claude Clément
Musique, instruments, réalisation, enregistrement,
mixage et production : Vincent Clément
Flûtes traditionnelles japonaises : Jean-Baptiste Larible
Sanshine : Yan Pittard
Chanson : Mayumi Nishizaki

CONTES DU JAPON

de bouche à oreille

Claude Clément
Princesse Camcam

Musiques de Vincent Clément

MILAN
jeunesse

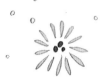

La grue

Un jeune pêcheur solitaire habite une cabane en bois, dans une région froide du Japon.

Cette année-là, l'hiver est particulièrement rigoureux. Tout n'est que neige poudrée, buissons givrés, étangs glacés…

Un jour, alors qu'il ramasse quelques morceaux de bois pour se chauffer, le garçon entend des plaintes.

Il regarde alentour et, malgré la brume blanche qui l'encercle, il aperçoit une grue blessée, allongée sur le sol gelé.

Avec d'infinies précautions, il retire la flèche plantée dans l'une de ses ailes et il emmène l'oiseau chez lui.

Dans la cabane, la grue le supplie :

– Je sais que tu n'as guère de quoi manger. Mais ne me tue pas, je t'en prie !

L'homme répond en commençant à faire ce qu'il dit :

– Je n'ai pas l'intention de te faire du mal. Je veux simplement te soigner.

Lorsque la grue est enfin rétablie, le pêcheur la porte hors de sa modeste demeure.

Elle bat des ailes, d'abord avec timidité. Ensuite, avec plus d'assurance. Et elle réussit à s'envoler.

Longtemps le pêcheur la regarde s'éloigner, jusqu'à ce qu'elle disparaisse tout à fait à sa vue.

Tristement, il finit par rentrer chez lui.

Dans sa cahute, il se sent plus seul que jamais, le cœur et les mains vides.

L'hiver
se prolonge et
devient infiniment rude.
Un soir de tempête, alors que
le vent rugit au-dehors et que
des rafales de neige glacée griffent
les volets du chalet, l'homme entend
quelqu'un frapper à sa porte. Il ouvre…
Devant lui, une très belle jeune fille grelotte de froid.

Elle articule difficilement :

– Je me suis perdue… Me laisserais-tu entrer pour la nuit ?

L'homme l'accueille volontiers.

Près du poêle, il l'installe sous une couverture et il lui offre une tasse de thé, accompagnée de quelques
filets de poisson séché. La jeune fille semble réconfortée. Et elle finit par s'endormir, bercée par
le léger bruit des flammes…

Le lendemain, l'homme essaie de la garder auprès de lui :

– Voudrais-tu loger un moment chez moi ? L'hiver est si rude !

La jeune fille sourit.

– Je n'osais te le demander.

Alors il l'invite à vivre à ses côtés, aussi longtemps qu'elle le désirera.

La jeune fille vit ainsi quelques jours, quelques semaines, quelques mois… Tous deux se sentent si bien ensemble qu'ils finissent par se marier.

Chaque jour, l'homme s'en va à la pêche. Mais il rapporte à peine de quoi subsister.

Sa jeune épouse a une idée :

– Tu es adroit. Construis-moi un métier à tisser et… tu verras !

L'homme consent à faire ce qu'elle demande. Avec habileté, il fabrique un beau métier à tisser. Quand il a fini, sa femme lui propose de l'installer dans une soupente accolée à la cabane.

À présent, la jeune femme confectionne de merveilleux tissus. Leur texture est si douce, si légère, que l'époux s'extasie chaque fois qu'il rentre à la maison :

– Où trouves-tu les fils qui te permettent de fabriquer des étoffes aussi raffinées ? Laisse-moi te regarder travailler !

Mais la tisseuse refuse.

– Chut ! C'est mon secret… Ne cherche surtout pas à ouvrir la porte de la soupente !

Quand la jeune femme a accumulé assez de tissus, elle les confie à son époux et lui recommande :

– Va les vendre au marché du village !

Le jeune homme s'en va… Plus tard, lorsqu'il revient à la cabane, il rapporte plus d'argent qu'il n'a jamais pu en gagner auparavant avec ses poissons.

Tous deux se réjouissent de cette nouvelle aisance. Et ils vivent ainsi quelque temps.

Mais l'hiver se montre interminable. Les provisions du couple s'amenuisent. Alors la jeune femme décide de tisser une nouvelle étoffe, en faisant la même recommandation à son mari :

– Ne cherche surtout pas à ouvrir la porte de mon atelier !

Il promet à nouveau. Quelques jours plus tard, pâle et amaigrie, son épouse sort de son refuge et lui tend un tissu plus magnifique que le précédent. Vite, le jeune homme s'empresse d'aller le vendre au marché. Et il revient du village avec plus d'argent encore que la première fois.

La vie et le climat finissent par s'adoucir. Les villageois pressent le pêcheur de questions.

– D'où tiens-tu ces étoffes incomparables ?

– De quelle matière sont-elles faites ?

Il avoue qu'elles sont tissées par sa jeune épouse, mais qu'il ne connaît pas le secret de leur fabrication.

– Vends-nous en de nouvelles !

– Personne n'en fait de pareilles…

Le jeune homme demande donc à sa femme de se remettre devant son métier à tisser. Lasse et affaiblie, elle obéit cependant.

Mais le mari brûle toujours de curiosité. Que cache-t-elle derrière la mince paroi de bois de son atelier ?

Un jour, il constate que deux planches sont disjointes.

– Je vais enfin avoir l'occasion d'observer ma femme ! Elle ne pourra pas s'en douter.

Il fait semblant de se rendre à la pêche, en claquant la porte comme s'il partait. Mais en réalité, il demeure dans la cabane et il attend d'entendre le clic-clac du métier à tisser. Alors, il colle un œil à la fente de la cloison. Dans l'atelier, il ne voit pas sa femme. Mais il aperçoit une grue qui retire les plumes une à une de son corps et s'en sert pour tisser.

L'homme est tellement troublé par cette découverte qu'il en tombe à la renverse.

Le bruit fait sursauter la grue. Affolée, elle traverse la cabane en battant des ailes en désordre… Et elle se précipite au-dehors.

Là, elle finit par s'élever dans les airs et par disparaître dans la brume.

Le jeune pêcheur, de nouveau solitaire, n'a plus qu'à refermer la porte de sa cabane, dans cette région froide du Japon, où tout n'est plus que neige poudrée, buissons givrés, étangs glacés…

Enfer ou paradis ?

Ce terrible et puissant samouraï a participé à bien des batailles. Il a triomphé de mille dangers. Son courage n'est plus à prouver. Bref, il s'est construit une brillante renommée dans tout le pays !

Il se demande maintenant comment, au jour de sa mort, il pourra distinguer les portes de l'enfer de celles du paradis.

Cette question le taraude tellement qu'elle lui ôte le sommeil et que l'homme devient de plus en plus irritable et nerveux. Un ami essaie de le calmer :

– Va voir le maître zen… Tu sais… Le sage solitaire qui habite dans une hutte de roseaux, sur l'île, au milieu du lac. Il saura peut-être te répondre…

Le samouraï se rend donc au bord du lac.

Il appelle le solitaire :

– Maître zen ! Montre-toi et réponds à la question qui m'ôte le sommeil.

Mais le sage ne se montre pas.

L'homme s'agite. Il trépigne et il crie de plus en plus fort.

– Maître zen ! Maître zen ? Tu es là ?

Le sage n'apparaît toujours pas.

Plusieurs jours s'écoulent… Et le samouraï s'énerve toujours sur la berge. Quand il voit enfin passer une barque sur les eaux du lac, il crie de nouveau :

– Ohé ! Pêcheur… Je t'ordonne de me prendre dans ton bateau et de me déposer sur l'île, au milieu du lac !

Le pêcheur est impressionné par l'allure redoutable de ce guerrier. Et il s'empresse d'exécuter son commandement.

Arrivé sur l'île, le samouraï appelle encore le maître zen.

– Maître zen ! Montre-toi et réponds à la question qui m'ôte le sommeil.

Le sage ne répond pas.

Le guerrier pénètre dans la cabane d'un pas résolu. Il trouve le vieil homme assis, immobile et silencieux.

Il ne prend pas la peine de le saluer ni de se présenter :

– Tu ne m'entendais donc pas ?

Les lèvres du maître ne frémissent pas plus que celles d'une statue.

– Tu es sourd ?

Alors le maître bouge simplement la main et l'invite à s'asseoir près de lui.

Le samouraï n'y va pas par quatre chemins :

– Comment distinguer les portes du paradis de celles de l'enfer ?

Le maître demeure parfaitement calme :

– Qui es-tu ?

– Comment ? Tu ne me reconnais pas ? Pourtant, on vante en ce moment ma vaillance dans tout le pays !

– Toi ? Cela m'étonnerait…

– Pourquoi ?

– Parce que tu as plutôt l'apparence d'un vagabond que celle d'un glorieux homme de guerre.

Fou de rage, le samouraï dégaine son sabre. Mais le sage ne se laisse pas intimider :

– Comment ? Un misérable comme toi possède une arme de seigneur ? Je parie que tu l'as volée et que tu es trop maladroit pour savoir t'en servir convenablement…

Aveuglé par la colère, le samouraï brandit son sabre. Il s'apprête à fendre la tête du vieil homme.

Mais celui-ci demeure imperturbable :

– Ici s'ouvrent pour toi les portes de l'enfer.

Le samouraï suspend son geste. Puis il baisse le bras avec lenteur…

Et il rengaine son arme.

La voix du maître n'est plus que douceur :

– Ici s'ouvrent pour toi les portes du paradis.

Alors l'homme de guerre s'incline devant le sage, avec respect.

Et il sort de la cabane, sans rien ajouter.

Cette fois, le samouraï attend sans impatience le retour du pêcheur. Pendant des heures, il ne voit rien venir. Lorsqu'il aperçoit enfin le rameur, il lui demande poliment de l'accepter à bord de sa barque. Et quand le pauvre homme le dépose de nouveau sur la berge, le puissant héros de guerre le remercie pour son service, avec amabilité.

Et il rentre chez lui, apaisé.

Le moineau à la langue coupée

Un vieux bûcheron et sa femme habitent au pied d'une montagne.

Parfois, l'homme grimpe sur les hauteurs pour couper du bois et faire des fagots. Avant de se mettre au travail, il suspend le baluchon qui enveloppe son maigre repas à une branche. Dedans, quelques simples galettes de riz.

Un jour, au moment de manger, sa surprise est grande de trouver un moineau niché au fond du sac ! L'oiseau dort. Il a picoré toutes les galettes. Il n'en reste pas une miette ! Le moineau assoupi est si joli que le vieil homme se sent tout attendri. Il l'emmène chez lui.

En peu de temps, l'homme et l'oisillon deviennent les meilleurs amis du monde.

Que le grand-père soit au travail ou au repos, le moineau volette autour de lui ou se perche sur
son épaule. Et il pépie si joyeusement que le vieil homme le surnomme Pitpit.

Une tendresse profonde les unit.

Un jour, le bûcheron part couper du bois sur le flanc de la montagne. Il laisse l'oiseau, bien au chaud,
à la maison. De son côté, la vieille femme met du riz à cuire dans la cuisine et s'en va faire la lessive
à la rivière voisine.

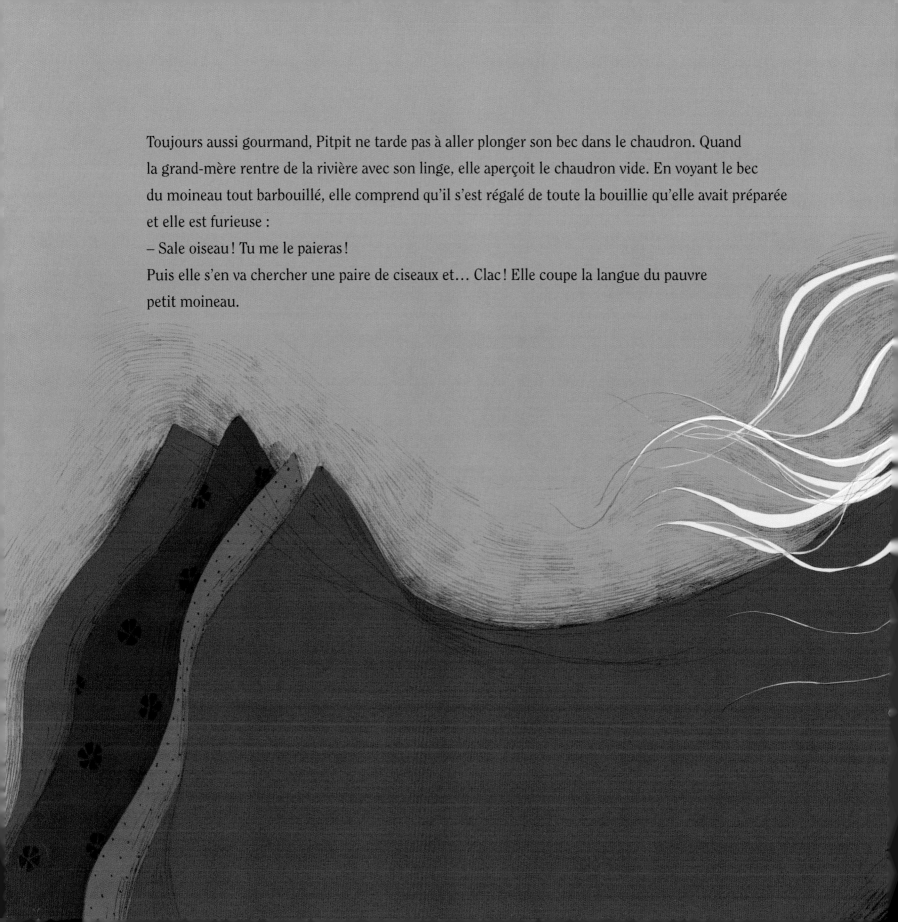

Toujours aussi gourmand, Pitpit ne tarde pas à aller plonger son bec dans le chaudron. Quand
la grand-mère rentre de la rivière avec son linge, elle aperçoit le chaudron vide. En voyant le bec
du moineau tout barbouillé, elle comprend qu'il s'est régalé de toute la bouillie qu'elle avait préparée
et elle est furieuse :
– Sale oiseau ! Tu me le paieras !
Puis elle s'en va chercher une paire de ciseaux et… Clac ! Elle coupe la langue du pauvre
petit moineau.

Lorsque le bûcheron rentre chez lui, il cherche son ami :

– Pitpit ! Pitpit ! Où es-tu ?

Mais l'oisillon ne répond pas.

La paysanne est toujours très en colère.

– Ce volatile infernal a dévoré toute ma bouillie de riz. Je lui ai donc coupé la langue et je l'ai chassé.

Bouleversé, le vieil homme quitte la maison pour partir à la recherche de son ami.

Il marche longtemps, très longtemps avant de parvenir au bord d'une fontaine. Là, un homme lave une vache toute crottée.

Le vieil homme le questionne :

– As-tu aperçu un moineau à la langue coupée ?

Le vacher répond :

– J'ai vu ton oiseau. Je te dirai où il est allé lorsque tu auras avalé les sept baquets d'eau qui ont servi à nettoyer ma vache.

Le grand-père tient tellement à son ami que, malgré sa répugnance, il ingurgite l'eau souillée des sept baquets.

Alors le vacher accepte de lui montrer le chemin où a disparu Pitpit :

– Bientôt, tu arriveras à l'orée d'un bosquet. Demande au fermier qui habite là de te dire s'il sait où se trouve ton oiseau.

Le grand-père prend la direction indiquée. Lorsqu'il arrive devant le fermier, qui lave
son cheval crotté, il le questionne :

– As-tu aperçu un moineau à la langue coupée ?

Le fermier répond :

– J'ai vu ton oiseau. Je te dirai où il est allé quand tu auras avalé les sept baquets d'eau qui ont servi
à nettoyer mon cheval.

Le grand-père engloutit de nouveau sept baquets d'eau souillée. Alors le fermier lui montre le chemin
où Pitpit a disparu :

– Prends ce sentier dans la montagne ! Lorsque tu arriveras dans une forêt de bambous, tu trouveras
la demeure de celui que tu cherches.

Le vieil homme grimpe longtemps, très longtemps… Il arrive
dans la forêt de bambous.

Il finit par dénicher l'endroit où habite son ami.

Il s'excuse auprès de lui :

– Je n'aurais jamais dû te laisser seul avec mon épouse
à la maison. Rentre avec moi, car je m'ennuie bien trop
sans toi !

Pitpit voudrait bien lui répondre ! Mais il ne le peut plus,
à cause de sa langue coupée.

Ses frères parlent à sa place :

– Il vaut mieux qu'il reste là.

– Ta femme recommencera à le maltraiter…

– Mais toi, tu t'es montré généreux.

– En récompense, prends ces deux mallettes. Choisis celle que
tu préfères !

Le vieil homme tente de refuser :

– Je ne réclame rien en échange de l'amitié de Pitpit !

Mais les moineaux insistent. Alors le bûcheron examine
les mallettes. Modestement, il choisit la plus petite et la plus légère.

Au moment du retour, tout le monde s'embrasse. Puis le vieil
homme rentre chez lui. Son cœur est lourd de ne pas ramener
son cher petit Pitpit.

Arrivé à la maison, il raconte à son épouse tout ce qui s'est passé. Tout en parlant, il ouvre la mallette… Elle est emplie de pièces d'or et d'argent, de bijoux et de pierres précieuses.

Pourtant, la mégère ne se réjouit pas.

– Je ne suis pas étonnée que tu aies pris la mallette la plus petite ! Je n'ose imaginer tous les trésors que contient la grande que tu as laissée !

Le bûcheron hausse les épaules.

– Ceci nous est bien suffisant !

Mais son épouse le fusille du regard avec mépris. Elle sort en claquant la porte de la maison, bien décidée à ramener le magot que son imbécile de mari a négligé.

La vieille marche longtemps, très longtemps… Elle parvient à l'endroit où se tient le vacher.

– As-tu aperçu un moineau à la langue coupée ?

– Je l'ai vu. Je te dirai où il est allé quand tu auras avalé les sept baquets d'eau qui ont servi à nettoyer ma vache.

La femme a un haut-le-coeur :

– Beurk ! Tu peux boire ton eau sale toi-même ! Je trouverai bien le chemin toute seule.

Et elle repart d'un pas décidé.

Elle marche encore longtemps avant de rencontrer le fermier.

– As-tu aperçu un moineau à la langue coupée ?

– Je l'ai vu. Je te dirai où il est allé quand tu auras avalé les sept baquets d'eau qui ont servi à nettoyer mon cheval.

– Tu peux te laver toi-même dedans et la boire après ton bain !

Puis la femme poursuit son chemin.

Enfin, elle parvient dans la forêt de bambous.

Là, elle déniche le refuge des moineaux.

La mégère n'est plus que sourires et minauderies.

– Comment va notre cher petit Pitpit ? Donnez-moi la plus grande des malles pour mon gentil mari !

Les moineaux ne se font pas prier pour la lui offrir.

Et la vieille repart en sens inverse.

Sur le chemin du retour, elle ne peut plus résister à l'envie de savoir ce que contient la malle. En soulevant le couvercle, elle se dit :

– Cette fortune nouvelle va me permettre de m'installer dans une plus belle demeure.

Mais quand elle ouvre la malle, il n'en sort que des dragons effrayants et d'énormes serpents !

Affamés, les monstres se jettent sur la grand-mère…

Ils s'en régalent tant et tant qu'au bout d'un petit moment, il n'en reste

pas le moindre morceau !

Le rêve vendu

Yukitshi est un joyeux luron, plus ou moins paresseux.

Par contre, Mosuké est un garçon très sérieux, infiniment travailleur.

Tous deux sont les meilleurs amis du monde. De temps à autre, ils entreprennent donc un voyage pour se rendre au marché, dans une ville proche.

Cette fois, il fait si chaud qu'ils décident de faire une pause sous un arbre, en lisière de la forêt.

Aussitôt, l'insouciant Yukitshi s'endort profondément, tandis que le sage Mosuké veille en se disant :

– Moi, je redoute trop les voleurs pour faire une paisible petite sieste…

Il en est là de ses réflexions, quand il assiste à un étrange phénomène…

Une guêpe sort de la narine gauche de son ami. L'insecte
fait le tour de l'arbre, puis revient se fourrer dans sa narine
droite.

Yukitshi s'éveille alors brusquement.

– Je viens de faire un drôle de rêve ! J'ai vu un arbre identique
à celui-là. Une guêpe volait autour du tronc. Elle me disait que
je devais creuser à cet endroit.

– Et qu'as-tu fait ?

– Eh bien, j'ai creusé ! Et… Devine ce que j'ai trouvé ? Un énorme pot plein
de pièces d'or. Un trésor comme tu ne peux en imaginer…

– Et si ce songe disait vrai ?

– Tu crois ?

– Tu devrais essayer !

– Il fait bien trop chaud pour que je m'évertue
à piocher ! Et puis… Ce n'est qu'un rêve…

Mais le laborieux Mosuké s'obstine :

– Je le ferai à ta place ! Vends-moi ton rêve.

– Un songe ne se vend pas !

– Tu as dit toi-même que le pot était empli de pièces d'or. Ça vaut bien quelques efforts pour remuer la terre. Dis-moi toi-même le prix de ce rêve s'il se réalisait.

Ils marchandent un court instant. Enfin, ils se mettent d'accord sur trois cents pièces d'argent.

Yukitshi est tout réjoui :

– Jamais je n'aurais cru gagner une telle somme avec un simple rêve ! Dépêchons-nous maintenant de nous rendre au marché ! Sinon, il sera terminé. Tu creuseras au retour.

Et, ensemble, les deux amis se relèvent pour continuer leur route.

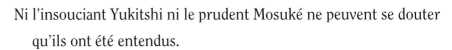

Ni l'insouciant Yukitshi ni le prudent Mosuké ne peuvent se douter qu'ils ont été entendus.

Non loin d'eux, un marchand malhonnête s'est lui aussi arrêté pour se reposer. Et il a écouté la conversation.

Dès que les deux amis ont disparu au tournant du chemin, il se met à creuser frénétiquement sous l'arbre où Yukitshi a fait son rêve. Bientôt, ses ongles heurtent quelque chose de dur. Et il extirpe du sol une grosse cruche emplie de pièces d'or. Brisant le pot, il enfouit le trésor dans son sac et se rend en ville.

Là, le marchand malhonnête achète une auberge.

De son côté, Mosuké laisse son joyeux ami Yukitshi s'amuser comme il aime le faire. Il retourne seul à l'endroit où il a acheté le rêve.

Quelle n'est pas sa déception de constater que la terre a été retournée et que le trésor tant attendu a été volé !

Il se désole en manipulant entre ses doigts les morceaux du gros pot brisé.

C'est alors qu'il aperçoit une inscription sur l'un des tessons de céramique :

« Celui-ci est le premier des sept. »

Le futé Mosuké comprend aussitôt que le pot dérobé n'est que le premier de toute une série.

Alors il creuse et creuse encore… Et il découvre six pots, de plus en plus gros, tous emplis de pièces d'or !

Heureux, il retourne en ville. Là, il entreprend de faire construire l'auberge qu'il a toujours eu envie de posséder.

Pendant ce temps, le marchand malhonnête se montre si fourbe, si avare, si mal aimable que les clients fuient son établissement et qu'il doit bientôt le fermer.

De son côté, Mosuké achève de surveiller ses travaux. Son auberge va bientôt ouvrir, plus belle que toutes celles qui existent déjà en ville.

Son ami Yukitshi vient souvent lui rendre visite. Toujours aussi joyeux, il lui demande en clignant de l'œil :

– Alors, mon cher… Comment se porte mon rêve ?

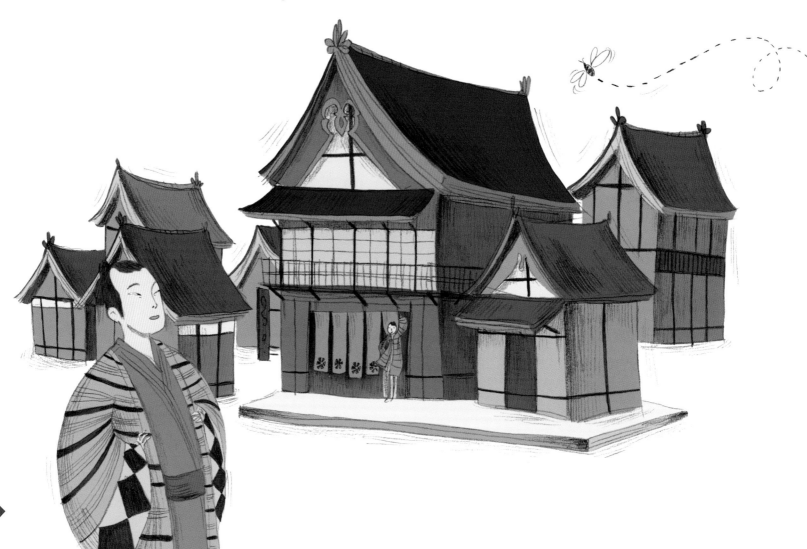

Vaine vengeance

Un couple de vieux paysans vit dans une maisonnette discrète.

Chaque jour, le vieil homme se rend à son champ. Et là, il sème du riz en chantant gaiement :

> *Volez, volez, petites graines,*
> *Entrez dans la terre sans peine…*
> *Pousseront bientôt mille grains*
> *Qui nous nourriront bien demain !*

Chaque fois, un blaireau se glisse après lui dans le champ. Il fouine avec appétit.

Ainsi, le vieil homme lance des semences encore et encore…

Mais peu de riz couvre son champ !

Son épouse et lui sont donc obligés de se nourrir de presque rien, à cause de ce blaireau coquin.

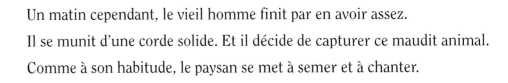

Un matin cependant, le vieil homme finit par en avoir assez.
Il se munit d'une corde solide. Et il décide de capturer ce maudit animal.
Comme à son habitude, le paysan se met à semer et à chanter.

Quand son ouvrage est achevé, il court se cacher derrière un arbre et,
lorsque le blaireau survient, le paysan lui saute dessus. Il l'attrape
et il le ficelle.

Le vieil homme rentre chez lui, en portant l'animal prisonnier.
Il appelle son épouse :
– Femme ! Tu pourras cuisiner un bon rôti de blaireau ce soir !
Et il retourne au champ.

Pendant qu'il est parti, la femme réfléchit :
– Ce serait encore meilleur d'accompagner la viande avec des galettes !

Et la voilà qui commence à piler du riz dans un bol.

Le blaireau l'observe un moment. Puis il lui dit d'un air rusé :

– Ta besogne a l'air épuisante !

La vieille femme soupire :

– Pfff ! C'est bien vrai !

– Ton mari ne se rend pas compte que tu travailles plus dur que lui.
Détache-moi ! Je vais te donner un coup de main.

La femme hésite. Mais le blaireau insiste :

– Allons… Il n'en saura rien !

La paysanne finit par se laisser convaincre et par dénouer la corde.

Alors le blaireau se saisit du pilon. Au lieu d'aider la vieille à piler
le riz, il l'assomme d'un coup violent sur la tête. Et il s'enfuit
à toutes pattes.

Le vieil homme, qui aimait tendrement sa femme, se désole.

Un lièvre qui passait par là l'entend et lui demande :

– Pourquoi gémis-tu ?

– Le blaireau a assassiné mon épouse…

– Quelle honte ! Je te vengerai !

Et le lièvre s'en va à toute allure dans

les montagnes, sans demander l'avis

du pauvre veuf.

Le lièvre ramasse du bois, quand il voit arriver le blaireau.

– Que fais-tu là, lièvre futé ?

– Des fagots pour me chauffer.

– Quelle bonne idée ! Laisse-moi t'aider…

Ensemble, ils confectionnent une grande quantité de fagots. Puis, pour les ramener chez eux, ils les chargent sur leur dos.

Mais le chemin est long et le lièvre soupire :

– Tu sembles plus jeune que moi… Accepte donc de tout porter !

Alors le blaireau ne peut faire autrement que d'assurer le transport de tout le bois ramassé.

Pendant que le blaireau marche devant, il entend un drôle de bruit à l'arrière et il s'inquiète :

– Qu'est-ce donc ?

– Nous traversons la montagne aux Piverts. C'est le son que fait le bec de ces oiseaux sur les troncs.

Mais en réalité, le lièvre est en train de frotter deux silex l'un contre l'autre.

Un peu plus loin, le blaireau entend comme
un crépitement de flammes.
– Qu'est-ce que ce bruit-là ?
Le lièvre le rassure :
– Nous sommes dans la montagne aux Cigales.
Ce que tu entends, c'est leur chant !
Mais en réalité, il vient de mettre le feu aux fagots.

Lorsque les flammes atteignent la fourrure du blaireau,
celui-ci se met à hurler :
– Je vais brûler comme une brindille séchée !
Mais déjà, le lièvre détale à toutes pattes.

Le jour suivant, le lièvre se rend dans la montagne aux Piments. Il en ramasse quelques-uns et
il les réduit en poudre. Le blaireau passe par là, très en colère :
– Par ta faute, vilaine bête, dans la montagne aux Cigales, j'ai eu le dos grillé comme une côtelette !
Le lièvre secoue le nez :
– Je ne comprends rien à ce que tu prétends ! Il y a bien des lièvres dans la montagne aux Cigales.
Mais moi, je suis un habitant de la montagne aux Piments.
Le blaireau reprend ses lamentations :
– N'aurais-tu pas un médicament ? Mon dos est tout brûlant ! Oh la la ! C'est atroce, vraiment !
Le lièvre s'empresse :
– Hé hé hé ! Je viens juste d'en préparer un ! Le voilà… Hé hé hé !

Et il répand la poudre de piment sur le dos du malheureux blaireau. Celui-ci criaille :

– Aïe ! Aïe ! Aïe ! Espèce de canaille… Ouille ! Ouille ! Ouille ! Espèce de fripouille…

Tandis que le lièvre détale encore.

Le lendemain, le lièvre se rend dans la montagne aux Cèdres pour y couper du bois. Cette fois,

il a l'intention de construire une barque. Le blaireau surgit à nouveau.

– Hier, espèce de brigand, dans la montagne aux Piments, tu as failli me faire mourir de douleur avec

ton médicament !

Le lièvre le considère avec étonnement :

– Il y a bien des lièvres habitant dans la montagne aux Piments, mais moi, je suis de ceux de la montagne

aux Cèdres. Et, tu vois, je construis une barque pour aller pêcher des poissons.

Le blaireau veut aussi aller sur l'eau.

– J'adore le poisson ! Apprends-moi à faire une barque comme la tienne…

Mais le lièvre lui fait remarquer :

– Je fais une barque en bois blanc, parce que mon pelage est blanc. Toi, ton pelage est marron. Il te faut

donc fabriquer une barque en terre.

Chacun se met alors à confectionner la barque qu'il lui faut.

Ensemble, le lièvre et le blaireau pêchent au milieu de la rivière…

Mais la barque en terre du blaireau commence à fondre dans l'eau !

– Au secours ! Je ne sais pas nager.

Pendant ce temps, dans sa barque en bois, le lièvre fait comme

s'il n'entendait pas.

Et il laisse le blaireau se noyer.

Content de lui, le lièvre retourne voir le paysan. Le vieux ensemence toujours son champ tristement.

Le lièvre lui raconte ses aventures avec le blaireau.

– Te voilà vengé !

Mais le pauvre homme continue de chanter :

> *La vengeance ne sert à rien*
> *Qu'à faire de nouveaux chagrins*
> *Elle ne rend vie ni bonheur*
> *Ajoutant malheur au malheur…*

La légende de la tortue

Urashima-Tarô et sa mère vivent dans un petit village de pêcheurs.

Chaque jour, le garçon part sur l'océan, pour rapporter les quelques poissons nécessaires à leur subsistance.

Un jour, il ne rentre qu'avec trois modestes prises. La tête basse, il marche d'un pas traînant sur la plage de sable fin. C'est alors qu'il entend des cris. Des enfants s'amusent à malmener une tortue.

Il veut intervenir, mais les gamins se moquent de lui :

– Pfff ! Ce n'est qu'un animal !

Et ils redoublent de méchanceté en donnant des coups de pied dans la carapace de la tortue.

Alors, en échange de la pauvre bête, Urashima-Tarô leur propose les maigres poissons qu'il vient de prendre.

Les enfants acceptent. Et ils s'éloignent sur la plage. De son côté, le pêcheur se dirige vers les flots en portant la tortue.

Il ne l'a pas plutôt replongée dans l'eau qu'elle disparaît dans les profondeurs.

Quelque temps après, alors qu'il se tient au large sur sa barque, Urashima-Tarô entend une voix l'appeler :

– Viens ! Je t'invite à monter sur mon dos.

Intrigué, il n'aperçoit qu'une tortue. Pourtant, il obéit et l'animal l'entraîne loin, très loin, vers l'horizon. Tandis que la tortue nage, il voit sa tête s'orner de longs cheveux de femme. Ensemble, ils plongent et ils traversent des paysages sous-marins d'une étonnante beauté. Partout, ce ne sont que coraux et poissons aux mille couleurs, gracieuses éponges, fiers hippocampes…

Ils arrivent bientôt dans un palais de nacre. Là, la tortue se transforme en une belle jeune fille, qui sourit au garçon.

– Je te remercie de m'avoir sauvée ! Je suis la fille du roi des océans et tu peux demeurer ici aussi longtemps que tu le voudras.

Le jeune pêcheur ne se fait pas prier. Il se laisse même installer dans une chambre de corail ornée de plus de mille perles.

Et il se met à vivre dans cet endroit splendide, sans se soucier de rien.

Souvent, la jeune fille l'invite à venir se promener avec elle dans des forêts d'algues vertes, mauves et bleues.

À force de se côtoyer, ils finissent par tomber amoureux l'un de l'autre. Ils décident alors de se marier.

Les noces sont somptueuses. Les poissons y dansent des ballets multicolores. Les coquillages s'ouvrent sur des joyaux étincelants. Les crevettes forment des bouquets géants.

Les algues ont tissé une robe incomparable à la jeune épousée…

Et le temps passe, en une sorte de bonheur irréel…

Un jour pourtant, les époux nagent non loin de la surface des flots.

À travers le miroir grossissant des eaux, Urashima-Tarô aperçoit son village.

Tout à coup, il pense à sa mère, à sa maison, à ses anciens amis. Mélancolique, il revient au palais

sous-marin qui est désormais sa demeure.

Mais un chagrin étrange ne le quitte plus. Alors il se résout à en parler à sa jeune épouse :

– Je suis fier de partager mon existence avec une créature aussi belle que toi. Cependant, je me languis

de mon univers d'autrefois. Laisse-moi y retourner au moins un petit moment !

Sa femme le contemple à son tour avec tristesse et lui dit :

– Je ne saurais te retenir. Prends cette coquille fermée. Surtout, ne l'ouvre pas ! Car même si tu le voulais,

tu ne pourrais plus revenir ici.

Urashima-Tarô promet de n'en rien faire. Il saisit délicatement le cadeau, l'enfouit dans sa poche et, après avoir embrassé tendrement son épouse, il commence à remonter vers la terre.

Lorsqu'il parvient sur la plage, rien ne semble changé.

Cependant, dans le village, il ne reconnaît personne. Au lieu des yeux familiers, il ne croise que des regards étrangers. Il se dirige alors vers sa maison natale, réconforté à l'idée de retrouver sa mère. Mais au lieu du visage attendu, il n'aperçoit que des traits inconnus. Indigné, il interpelle les gens qui se trouvent là :

– Que faites-vous donc chez moi ?

– Ha ha ha ! Cette maison nous appartient depuis plusieurs générations ! Les voisins en témoigneront…

Désorienté, le jeune
homme va poser
de nouvelles questions
dans les maisonnettes à côté.
– Vous souvenez-vous d'un garçon
du nom d'Urashima-Tarô et de sa mère ?
Les gens secouent la tête avec perplexité.
– Va consulter le plus vieux pêcheur du village !
Peut-être se rappellera-t-il quelque chose ?
De plus en plus inquiet, le jeune homme finit
par dénicher le pêcheur.
– Vous souvenez-vous d'un garçon du nom d'Urashima-Tarô
et de sa mère ?
L'homme se gratte la tête et finit par répondre :

– C'est une histoire bien ancienne… Ce garçon a disparu il y a au moins…
trois cents ans ! On dit qu'il est parti sur le dos d'une tortue dans le fond
des océans. Mais il ne s'agit probablement que d'une légende !
Épouvanté, Urashima-Tarô s'enfuit sur la plage.

Son aventure merveilleuse tourne au cauchemar. À ce moment,
il sent la coquille au fond de la poche de son vêtement.
Il lui semble qu'elle seule peut recéler le secret de l'énigme.
Oubliant la promesse qu'il a faite à son épouse, il la saisit
entre ses doigts et l'ouvre...
Alors une écume blanche monte de l'habitacle de nacre
et transforme peu à peu Urashima-Tarô en vieillard.
Ses jambes s'affinent. Son cou et sa poitrine s'ornent d'un fin duvet.
Son dos et ses bras se couvrent de plumes. Puis, métamorphosé
en grue légère, il s'envole sans effort dans le ciel.
Plus tard, planant au-dessus de l'océan, il aperçoit quelque chose
qui flotte à la surface dansante des flots.
En descendant, il reconnaît la silhouette d'une tortue,
qui tend désespérément la tête vers lui.